DISCOURS

SUR LA

VIE DE M. LE DUC PASQUIER,

L'UN DES FONDATEURS

DE LA SOCIÉTÉ DE L'HISTOIRE DE FRANCE,

PAR M. DE BARANTE,

De l'Académie française,

PRÉSIDENT DE LA SOCIÉTÉ;

Lu dans l'Assemblée générale du 28 avril 1863.

MESSIEURS,

La confiance dont vous m'honorez, en m'appelant à la présidence de la Société de l'Histoire de France, m'impose souvent un triste devoir. Presque tous les ans j'ai à vous entretenir de l'affliction et des regrets que nous cause la perte d'un de nos plus illustres confrères. Lorsque les liens d'une longue amitié m'unissent à celui dont je dois vous parler, cette tâche m'est douloureuse; mais je suis encouragé à m'en acquitter par la certitude que vous partagerez mes sentiments, et que vous n'oublierez pas que M. Pasquier était un des fondateurs de notre Société.

M. Pasquier était né en 1767. Sa famille remontait au célèbre Étienne Pasquier. Son père était conseiller au Parlement, ainsi que son grand-père, qui mourut en 1783. Il avait terminé ses études à l'âge de seize ans. En ce temps-là, la société et la conversation achevaient l'éducation de la jeunesse; elle y prenait le goût de l'esprit et de la littérature. Le dix-huitième siècle exerçait déjà toute son influence. Le premier livre de droit qui fut mis entre les mains du

1863

jeune Pasquier, c'était le *Contrat social*. Il n'avait pas vingt ans quand il fut reçu conseiller au Parlement. Alors, était convoquée l'assemblée des notables, ce point de départ de la Révolution. Il assista aux refus d'enregistrement du Parlement, aux lits de justice, à l'exil de Troyes, à l'arrestation des magistrats, à la destruction du Parlement, à l'essai de la Cour plénière, au retour de M. Necker et à la convocation des États généraux.

Dès lors se formèrent son opinion politique et son jugement sur la lutte des partis opposés. Il voyait l'imprudente folie de la cour, la nullité à laquelle le Roi se résignait, l'incapacité des ministres qu'on essayait; en même temps il s'effrayait de la Révolution, ne sachant pas jusqu'où elle pouvait aller. Il fut témoin de la prise de la Bastille et des massacres qui souillèrent cet élan vers la liberté, et qui furent bientôt suivis du 5 octobre.

Il suivait assidûment les séances de l'Assemblée constituante, sans être de l'avis d'aucun des partis. L'émigration lui paraissait déraisonnable et fatale pour le Roi et la royauté. Il était dans le jardin des Tuileries, le 10 août, lorsque le Roi vint se livrer à l'Assemblée. Il assista au procès du Roi; son père s'était joint à M. de Malesherbes et avait place auprès des défenseurs du roi.

M. Pasquier avait si peu caché ses opinions et ses affections qu'il n'était pas en sûreté à Paris. Lorsque commençait le règne de la Terreur, il se réfugia en Picardie; puis, ne s'y trouvant pas plus en sûreté, il revint se cacher aux environs de Paris. Il se risqua à venir y passer quelques jours pour se marier, puis il trouva asile dans un village auprès de Dammartin. Ce fut là qu'il apprit que son père avait été, ainsi qu'un grand nombre de magistrats du Parlement, envoyé au supplice par le tribunal révolutionnaire. Huit jours avant le 9 thermidor, il fut arrêté et conduit avec Mme Pasquier à la prison de Saint-Lazare. Ils n'étaient plus en danger, la Terreur avait cessé depuis que Robespierre avait péri sur l'échafaud. Mais la réaction n'était pas encore déclarée; il passa deux mois en prison. Lorsqu'il en sortit, il ne lui fut pas permis d'habiter Paris, dont le séjour était interdit aux anciens nobles. Il s'établit au village de Croissy; il y passa trois ans tranquille, sans se mêler aucunement de politique. Toutefois, il avait placé quelques espérances sur la réaction qui fut vaincue le 13 vendémiaire par le général Bonaparte. Peut-être aurait-il réussi à être élu député au conseil des Cinq-Cents, si la Convention n'avait pas triomphé.

La confiscation des biens des condamnés l'avait privé de l'héritage paternel. Cette loi fut abrogée, M. Pasquier revint habiter le manoir de famille, et se fixa dans le château de Coulans, non loin du Mans. Mais en 1798, lorsque le gouvernement du Directoire retombait en révolution, M. Pasquier se trouva menacé de la loi des otages et revint à Paris. Il y était, lorsque le 18 brumaire changea l'état de la France.

Ainsi que la plupart des modérés, M. Pasquier avait quelques préventions contre le général Bonaparte. Le souvenir du 13 vendémiaire et du 18 fructidor, le mauvais succès de l'expédition d'Égypte, ne donnaient pas l'idée qu'il était destiné à tirer la France de la situation déplorable où elle était tombée. Mais M. Pasquier ne tarda pas à en juger autrement, et à reconnaître le sauveur et le maître de la France.

Bientôt après, la victoire de Marengo, la paix imposée à l'Autriche, le Concordat surtout agissaient sur son esprit.

Un des bienfaits du gouvernement consulaire, dont M. Pasquier lui savait le plus de gré, c'était la renaissance de la société parisienne et de la conversation. Elle n'était pas pour lui un commérage élégant; il aimait qu'elle fût littéraire ou politique. Une contradiction animée ne lui convenait pas, mais il se plaisait à une discussion modérée et bienveillante. Dans les mémoires qu'il a laissés, il rappelle avec satisfaction les années de sa vie où il se complaisait dans une société aimable et spirituelle. Il ne recherchait pas les salons où régnaient les opinions des émigrés rentrés dans leur patrie. Il s'entendait mieux avec les opinions impartiales qui s'exprimaient en toute liberté. Elles étaient généralement favorables à l'état actuel, et n'étaient inspirées par aucun calcul d'ambition.

Parmi ces diverses sociétés, il faut remarquer celle qui exerça le plus d'influence sur M. Pasquier. Mme de Beaumont, fille de M. de Montmorin, avait perdu, par les massacres ou les échafauds, père, frère, sœur. Elle avait, pendant la Terreur, trouvé un asile auprès de Montbard. Depuis le gouvernement consulaire, elle était venue s'établir à Paris. Elle était ruinée, mais le charme de son esprit et de son caractère réunissait dans son modeste salon une société d'amis. Celui qui lui était le plus attaché, M. de Chateaubriand, attirait aussi auprès d'elle des hommes distingués et des femmes aimables. C'était au moment du grand succès d'*Atala*, ce premier signal d'une littérature nouvelle. Là se rencontraient M. de Fontanes, M. Molé, M. Joubert, M. Gueneau de Mussy.

Au moment où se formait cette société, les opinions politiques subissaient un grand changement. Les cruautés, les spoliations, la tyrannie révolutionnaires avaient fait place à un gouvernement et à un ordre de choses qui semblaient supprimer toute espérance d'un retour à l'ancien régime. Les amis de Mme de Beaumont en jugeaient ainsi. M. de Fontanes, dès les premiers jours du Consulat, s'était attaché au Premier Consul et à sa famille. M. de Chateaubriand avait accepté la mission de secrétaire d'ambassade à Rome, où le cardinal Fesch était ambassadeur. De jour en jour, M. Pasquier s'accoutumait à l'idée de s'attacher au nouveau gouvernement; il sentait qu'il pourrait s'y distinguer et satisfaire le besoin d'occupation et d'activité qui le laissait souvent dans l'ennui.

Les opinions de la société où il vivait ajoutaient à cette disposition. On y raisonnait sur le passé, on appréciait le présent, on espérait pour l'avenir. Les diverses formes de gouvernement, les garanties données par les constitutions, la place que la Religion doit tenir dans l'ordre politique, étaient le sujet habituel de la conversation.

Mme de Beaumont était allée à Rome rejoindre M. de Chateaubriand. M. Pasquier avait d'autres amis et des parents qui, par leur position, étaient attachés au Premier Consul, de sorte qu'il était bien près de suivre leur exemple lorsque survint la terrible mort du duc d'Enghien. Il en reçut une impression si vive et d'ailleurs si conforme à l'opinion publique, qu'il rejeta le projet de servir un gouvernement capable d'un tel acte de cruelle iniquité.

L'établissement de l'Empire, qui suivit de près la mort du duc d'Enghien, le procès du général Moreau, de Georges Cadoudal et de ses complices, ne ramenèrent pas M. Pasquier aux pensées qu'il avait conçues, puis rejetées. Le voyage du Pape et le sacre le laissèrent dans la même disposition. Mais un an après, l'Empereur revenait triomphant d'Austerlitz. Il avait imposé la paix à l'Autriche; il était reconnu roi d'Italie et pouvait, à son gré, dominer les États de l'Allemagne qui ne reconnaissaient plus la suzeraineté de l'Autriche. Quand de tels faits étaient accomplis, la raison ne commandait-elle pas de sacrifier ses répugnances et de travailler de tout son pouvoir à empêcher que des calamités révolutionnaires vinssent à se reproduire? Le meilleur moyen n'était-il pas de rassembler autour du nouveau trône les existences considérables qui, protégées par le pouvoir, le défendraient contre les attaques des ennemis de l'ordre? Serait-il sage de repousser les avances qu'il semblait faire aux honnêtes gens? Ainsi raisonnait M. Pasquier, et ne cachant pas les motifs personnels qui entraînaient sa décision, il se disait : « Quand on ne se croit pas complétement incapable et qu'on se sent pressé par le désir de ne pas consumer sa vie dans une entière inaction, il n'y a pas de motif raisonnable pour résister à tant de causes d'entraînement. »

A cette époque, l'Empereur venait de nommer un assez grand nombre d'auditeurs attachés au Conseil d'État. Quelques-uns appartenaient à des familles qui jusqu'à ce moment ne s'étaient point rattachées au gouvernement impérial. M. Molé, qui était en relations habituelles avec M. Pasquier et qui, en même temps que lui, avait d'abord conçu, puis rejeté l'idée d'entrer dans les emplois publics, était compris dans cette promotion. Mais M. Pasquier avait quinze ans de plus que lui, il avait été conseiller au Parlement, et il ne lui convenait point de passer par ce noviciat. Quelques mois après, au mois de juin 1806, l'Empereur institua les maîtres des requêtes, qui firent aussi partie du Conseil d'État. M. Pasquier en parla à l'archichancelier, qu'il connaissait depuis longtemps, et qui lui avait plusieurs fois rendu service. M. Cambacérès l'encouragea et lui fit espérer que l'Empereur accueillerait sa demande.

Il se fit une bonne position au Conseil d'État; il acquit la bienveillance des conseillers, qui, pour la plupart, étaient d'une autre origine que lui et avaient professé d'autres opinions. Il avait l'esprit des affaires, la parole facile, la discussion conciliante; il fut chargé de quelques travaux importants. L'Empereur sut bientôt ce qu'il valait. Cependant son avancement ne fut pas rapide. Il ne fut conseiller d'État qu'en 1810. Dans la même année, il fut nommé, lorsqu'il ne s'y attendait nullement, préfet de police. Il hésita un moment à accepter.

L'Empereur l'avait fait appeler et lui dit :

« La police politique est confiée au duc de Rovigo ; ce que je vous demande, ce que j'attends de vous, c'est de rétablir la Préfecture sur le pied d'une magistrature, telle qu'elle était autrefois, dans le temps des Sartines et des Lenoir. Vous avez été magistrat, et c'est comme tel que je vous ai choisi. » Puis il parla du désordre de cette administration. « Ayez soin d'y regarder de près ; j'ai pleine confiance en vous, et je suis sûr que vous la méritez. »

Quatre ans après, les fonctions de préfet de police devinrent tristement difficiles. L'armée des alliés était arrivée sous les murs de Paris ; le duc de Raguse et ce qui lui restait de soldats avaient combattu héroïquement ; il fallait qu'une capitulation préservât la ville du pillage et de l'incendie. Le maréchal et le préfet de police se présentèrent à l'Empereur Alexandre et les conditions furent signées. Elles étaient telles que la ville occupée par l'armée ennemie serait préservée des horreurs du désordre. La police était difficile à établir ; elle exigeait tous les soins du préfet qui avait obtenu la confiance de l'Empereur Alexandre.

La chute de Napoléon avait pour conséquence une révolution ; pendant qu'elle était mise en négociation et en délibération, les partis opposés pouvaient troubler l'ordre public. Les royalistes empressés voulaient gouverner avant qu'il y eût un gouvernement. C'était un des embarras de la situation. Il y eut même des projets de complots contre la vie de Napoléon, et le préfet de police le fit avertir de se tenir sur ses gardes.

M. Pasquier n'avait pas assez de zèle pour ceux qui en avaient beaucoup trop. Il quitta la préfecture et fut nommé directeur des ponts et chaussées. Aucune administration ne pouvait lui convenir mieux.

Napoléon revint de l'île d'Elbe ; on pouvait craindre qu'il se livrât à un esprit de réaction et de vengeance. M. Pasquier demanda à Fouché un passe-port pour se retirer à la campagne auprès du Mans. « Pourquoi vous en aller, lui dit Fouché ? Il vous laissera tranquille. C'est une situation désespérée; il n'en a pas pour longtemps. Que ferons-nous alors? Peut-être les Bourbons? c'est ce que vous souhaitez. Nous pourrions nous entendre et agir de concert. »

M. Pasquier ne suivit pas ce conseil; mais il ne tarda pas à revenir à Paris. Il entra en communication avec la cour de Gand. Le Roi lui envoya des pouvoirs, et bientôt après Waterloo, il fut en rapport avec Fouché. Avant de faire son entrée à Paris, le Roi s'arrêta au château d'Arnouville. M. Pasquier s'y rendit. Le ministère fut formé. M. de Talleyrand fut ministre des affaires étrangères et président du conseil; M. Pasquier, garde des sceaux ministre de la justice, M. le maréchal Saint-Cyr, de la guerre; M. Louis, des finances; M. Fouché, de la police. M. Pasquier fut en outre chargé de gérer par intérim le ministère de l'intérieur, auquel on n'avait pas encore pourvu; de sorte qu'il était à peu près ministre dirigeant. Il eut à régler par une ordonnance le mode d'élection pour la Chambre des députés, qui devait remplacer l'ancien Corps législatif. Il avait à nommer tous les préfets et les présidents des colléges électoraux. Le Roi avait confiance en lui; le soin qu'il prenait de lui exposer les motifs des projets qu'il lui présentait, le disposait favorablement. « J'aime qu'on me persuade, » disait le Roi en signant les ordonnances sur l'hérédité de la pairie et la suppression des appointements des membres de la Chambre des députés; questions sur lesquelles il avait eu quelques doutes. Jamais on n'avait traité de si grandes questions et pris des décisions plus importantes en trois mois de temps.

Mais il était impossible à un ministère présidé par M. de Talleyrand de traiter de la paix avec l'Empereur de Russie. On pouvait aussi prévoir, d'après les élections, que la Chambre des députés serait peu favorable au ministère.

Il n'y a pas eu dans notre histoire parlementaire de session plus orageuse que celle de 1815. Ce fut un combat acharné entre le parti des hommes raisonnables et la faction qui, voulant une entière contre-révolution, espérait vaincre et soumettre la France nouvelle. Telle n'était point l'intention de M. de Richelieu, chef du nouveau cabinet, non plus que la volonté du Roi exprimée par M. De Cazes, en qui il avait une entière confiance. Une minorité faible par le nombre défendait la cause de la raison, les véritables intérêts de la France et du Roi. Elle avait pour organes des hommes éloquents et courageux. M. Pasquier, député du département de la Seine, y combattit avec M. Royer-Collard, M. de Serre, M. Siméon. Il défendit l'inamovibilité des magistrats; il s'opposa à la proscription, que les ultra-royalistes voulaient substituer à l'amnistie donnée par le Roi; il défendit le budget et les droits des créanciers de l'État. Il combattit un projet de loi électorale qui aurait mis les élections à la merci du pouvoir, ou d'une faction.

L'ordonnance du 5 septembre 1816 changea la situation. De nouvelles élections déplacèrent la majorité. Dès le commencement de la session, la nomination de M. Pasquier à la présidence de la Chambre signala quelle marche le gouvernement allait suivre.

Il fut encore nommé président de la Chambre pour la session de 1818, mais elle était à peine commencée lorsqu'il fut appelé au ministère de la justice, le 17 janvier. Il eut à soutenir une discussion difficile sur la police de la presse. Le principe de cette loi était que la culpabilité des publications imprimées était essentiellement une provocation à un crime ou à un délit. Le projet de loi renvoyait la provocation au crime à la juridiction de la cour d'assises et conséquemment au jury. Mais la provocation au délit était justifiable du tribunal correctionnel qui prononce sans jury. M. Royer-Collard soutint que toute poursuite quelconque d'un fait de presse était essentiellement de la compétence du jury. La discussion fut vive. M. Camille Jordan prononça des paroles offensantes contre le ministère. Ainsi commença la rupture entre le ministère et les amis de M. Royer-Collard; elle eut de fâcheuses conséquences.

Les élections de 1818 donnèrent une nouvelle preuve que la loi électorale offrait des chances de succès à un parti qui se montrait hostile à la monarchie. — Le duc de Richelieu et M. Lainé, ministre de l'intérieur, essayèrent de modifier la composition du ministère. Ils voulurent, sans y insister, éloigner M. De Cazes. Tous les ministres donnèrent leur démission. M. de Richelieu essaya de composer un autre ministère et ne réussit pas; le Roi était mécontent; il regrettait M. De Cazes. Après plusieurs semaines de confusion, un ministère fut formé sous la présidence du général Dessoles. M. De Cazes, obéissant à la volonté du Roi, fut ministre de l'intérieur ; M. de Serre était garde des sceaux ; le maréchal Saint-Cyr n'avait pas quitté le ministère de la guerre.

M. Pasquier n'eut point la pensée de se placer en opposition contre le nouveau ministère.

Il ne combattit même pas la loi sur la police de la presse, que M. de Serre présenta telle que M. Royer-Collard l'avait demandée.

Les élections de 1819 furent encore plus favorables au parti révolutionnaire. Le collége de Grenoble nomma Grégoire, ancien conventionnel, dont quelques discours sont demeurés célèbres, et qui, absent de la Convention, avait écrit qu'il applaudissait au jugement qui condamnait Louis XVI.

Ce fut un grand scandale : de toute part on s'écria que la loi qui favorisait de telles élections devait être corrigée. C'était l'avis même des ministres qui se retiraient. M. De Cazes, M. de Serre et leurs amis s'occupèrent des changements que devait subir la loi électorale. Le Roi et M. De Cazes pressèrent le duc de Richelieu, qui était absent, de rentrer au conseil, en choisissant les collègues qu'il voudrait ; il refusa. Les portefeuilles furent offerts à divers hommes politiques, distingués par leur expérience et leur capacité. Aucun n'accepta. Enfin (19 novembre 1819), le cabinet fut composé de M. De Cazes, président du conseil, de M. Pasquier, ministre des affaires étrangères, de M. Roy, des finances, de M. de la Tour-Maubourg de la guerre, et de M. Portal, de la marine.

La session était déjà ouverte, et le discours du Roi avait annoncé de grands changements dans les lois électorales ; mais rien n'était encore décidé. M. De Cazes croyait que l'élection d'un député par chaque arrondissement serait plus conforme à l'opinion publique et moins faussée par l'esprit de parti. M. de Serre voulait donner une représentation spéciale aux plus imposés, pour que la minorité aristocratique ne fût pas exclue par la majorité démocratique. On attendait son retour. Il était allé à Nice pour rétablir sa santé.

Aucun projet n'avait encore été présenté à la Chambre, lorsque l'assassinat du duc de Berry (14 février 1820) répandit le trouble et l'effroi dans tous les esprits. Dès le lendemain, le projet de la loi électorale fut porté à la Chambre

des députés ; des lois restrictives de la liberté de la presse et
de la liberté individuelle furent aussi présentées. Le parti
royaliste, devenant puissant par cette réaction de l'eprit public et appuyé de la famille royale, obtint du Roi l'éloigne-
ment de M. De Cazes. M. de Richelieu consentit à rede-
venir président du Conseil et M. Siméon fut ministre de
l'intérieur.

Telle fut pendant une session de six mois l'occupation de
la Chambre. Jamais les discussions n'avaient été si violentes.
M. Pasquier fut presque toujours le seul orateur qui soutint
cette lutte. M. de Serre ne revint de Nice qu'au commencement de juin. Les projets sur la presse et sur la liberté
individuelle obtinrent une assez grande majorité, mais
le débat sur la loi électorale fut animé par plus d'énergie et
de passion ; l'ordre public en fut troublé, il y eut des émeutes, du sang répandu, et la discussion de la loi électorale
fut suspendue pendant deux jours pour traiter des moyens
de répression qu'employait le gouvernement. La discussion
se termina enfin par un amendement que M. de Serre avait,
pour ainsi dire, encouragé, et qui pouvait même passer
pour une concession. Il ne fut même voté que par une majorité de cinq voix.

La session fut terminée, et M. de Richelieu se trouvait
dans la situation qu'il avait souhaitée. Il avait fait sa paix
avec le parti royaliste ; il lui devait la majorité et sa victoire sur les libéraux de toutes nuances. Mais il savait
quelles étaient les exigences déraisonnables et périlleuses
qu'il aurait à repousser. Il appela dans le conseil MM. de
Villèle et Corbière, qu'il connaissait plus sages que leur parti ;
mais ils se tinrent à l'écart, demandant seulement des places
pour leurs amis, ce qui leur était souvent refusé. Ils donnèrent leur démission à l'approche de la session de 1821.

La préoccupation du gouvernement et de l'opinion publique était en ce moment les révolutions qui avaient éclaté
d'abord en Espagne, puis à Turin et à Naples. Des congrès,
où la France avait été représentée, avaient autorisé l'inter-
vention de l'Autriche pour rétablir l'autorité royale des
souverains détrônés par ces insurrections.

De nouvelles élections venaient d'augmenter le nombre
et d'encourager les exigences du parti ultra-royaliste. Il
voulait ou renverser le duc de Richelieu, ou le contraindre à

prendre d'autres collègues plus royalistes que M. Pasquier. Il se refusait hautement à une telle prétention. Pour en venir à leur fin, les rédacteurs de l'adresse, qui devait répondre au discours du Roi, y insérèrent un blâme formel de la politique suivie par le ministère dans les affaires étrangères. M. Pasquier trouva superflu de répondre à cette injure ; mais il pressa le duc de Richelieu d'accepter sa démission. Prévoyant ce qui allait arriver, il avait obtenu du Roi, qui lui avait toujours témoigné une bienveillante confiance, sa nomination à la Chambre des pairs. M. de Richelieu refusa sa démission, et voyant que le parti auquel il s'était donné n'avait ni raison ni reconnaissance, il quitta le ministère. M. de Villèle devint ministre (14 décembre 1821), il le fut pendant six ans.

Entré à la Chambre des pairs, M. Pasquier s'y fit, ainsi qu'on pouvait s'y attendre, une position considérable. Là, comme partout, il n'appartint jamais à aucun parti, il ne marcha sous aucune bannière. Il aimait le droit et la justice, et selon lui, c'était aimer la liberté. La Chambre des pairs lui convenait ; les discussions n'étaient point trop animées ; on ne combattait point pour faire ou défaire un ministère. On y comptait beaucoup d'hommes qui avaient exercé des fonctions publiques, ils y avaient acquis le bon sens pratique qui éclaire et modifie les théories. Tel était le mérite qui donnait à la parole de M. Pasquier une influence et une autorité qui furent remarquées dans la discussion des graves questions qui occupèrent souvent la Chambre des pairs.

Lorsque arrivèrent les derniers jours de la royauté de Charles X, M. Pasquier, rédacteur de l'adresse de la Chambre des pairs, n'eut pas à y écrire la fatale phrase, « *du refus de concours,* » et se borna à de respectueux conseils, qui ne devaient pas être pris en considération. Plus tard, il écrivit une lettre au Roi, lorsqu'il était peut-être encore possible d'arrêter le soulèvement populaire par un changement de ministère. Ce conseil fut écouté trop tard. M. Pasquier ne fut que triste spectateur des journées de Juillet ; mais, loin de blâmer les hommes courageusement dévoués, et surtout le fondateur d'une nouvelle dynastie qui préserverait la France d'une terrible anarchie, il éprouvait un sentiment de reconnaissance.

Il n'avait jamais eu aucune intimité avec M. le duc d'Orléans et ne se trouva nullement autorisé à se rendre auprès de lui.

Peu de jours après la proclamation du roi Louis-Philippe, M. le duc de Broglie et M. Molé vinrent au nom du Roi proposer à M. Pasquier la présidence de la Chambre des pairs. Il se rendit chez le Roi, et comprenant par sa conversation qu'il avait la pensée de ne pas conserver l'hérédité de la pairie, il se résolut de ne pas accepter la présidence d'un corps menacé d'un tel abaissement, qui lui paraissait encore plus nuisible à la royauté qu'à la constitution de l'État. Le Roi le rappela quelques heures après et lui dit que la nouvelle Charte ne supprimait pas l'hérédité de la pairie.

Bientôt après la Chambre des pairs et son président allaient être mis à une terrible épreuve. Plusieurs des ministres du roi Charles X, qui avaient présenté à sa signature les fatales ordonnances de Juillet, avaient été arrêtés. Le cri public demandait qu'ils fussent traduits en justice. La fureur populaire exigeait la mort; et même dans les classes supérieures on ne résistait pas assez à cette exaltation féroce. Le procès ne pouvait être porté à un autre tribunal que la Cour des pairs.

Dès lors M. Pasquier n'eut pas une autre pensée que de sauver ces malheureux ministres; il y avait assurément un très-petit nombre de pairs qui eussent l'idée d'une condamnation à mort, mais il fallait les rassurer contre la violence des émeutes. Il fallait mettre à l'abri les prisons où étaient enfermés les prévenus. Le Roi, sa famille et son gouvernement portaient un intérêt d'humanité et d'honneur au sort des accusés. La police prenait des précautions pour leur sûreté. La garde nationale était même, sinon favorable aux ministres, du moins dévouée à l'ordre public; elle tenait à honneur de protéger les juges et de faire respecter les lois. Les interrogatoires, l'audition des témoins, la plaidoirie des défenseurs, furent conduits avec une gravité que ne troublaient pas les cris populaires de la foule qui envahissait le Luxembourg. Tout était préparé pour que les accusés fussent, après les plaidoiries, conduits en traversant le jardin, à une porte où se trouvaient une calèche et une escorte commandée par M. de Montalivet qui devait ramener les accusés à Vincennes. Il y eut un moment où l'on vit qu'un rapport qu'on venait de faire à voix basse au président lui causait quelque trouble. Les accusés avaient été rencontrés par une patrouille et forcés de rentrer dans leur prison. Cependant MM. de Montalivet et d'Argout avaient réussi à les emmener.

La pairie avait perdu l'hérédité : elle était plus nombreuse ; ses séances étaient moins animées que les débats de la Chambre des députés, mais les lois y étaient discutées avec autant de connaissance et d'examen. Son indépendance n'était pas moindre ; elle était dignement représentée par son président, dans ses rapports avec le Roi.

Mais pendant ce règne, la Chambre des pairs fut presque autant une haute cour de justice qu'une assemblée législative. Des assassinats, des complots, des séditions qui ensanglantaient Paris et d'autres villes, se succédaient d'année en année. Des opinions fanatiques prêchaient et suscitaient les crimes.

Les accusés furent une fois si nombreux et si exaltés que l'audience de la Cour des pairs était une continuation de l'émeute ; cependant le président et les juges ne furent jamais troublés ; le calme et la dignité de l'audience furent invariables ; le respect dû à l'accusé était toujours observé. M. Pasquier apportait à la Cour des pairs la tradition du Parlement de Paris. Il avait, en 1837, reçu le titre de chancelier de France.

La révolution de 1848 le rendit à la vie privée. Il en avait vu tant d'autres, que ses regrets et ses inquiétudes furent pour la France et non pour lui-même. Il alla passer quelques mois à Tours, puis il revint s'installer à Paris. Il y arrangea sa vie avec la sagesse qui avait, à tout âge et en toute position, réglé sa conduite et l'emploi de son temps. Sa famille était nombreuse, il en était le chef ; elle l'aimait et le respectait. Il avait beaucoup d'amis ; pendant sa longue carrière il les avait conservés et leur nombre s'était augmenté avec l'âge, les différences d'opinion ne les avaient jamais éloignés de lui. Il conservait la même activité d'esprit, sa vue s'étant affaiblie, il se faisait lire les journaux et les livres nouveaux. Il avait, depuis beaucoup d'années, commencé à écrire ses mémoires et ses souvenirs ; il les dictait et les complétait. Dès qu'une lecture ou une conversation l'avait intéressé il dictait les réflexions qu'elles avaient suscitées. Bien peu de jours avant sa mort, il laissait un témoignage de ses impressions et de ses opinions.

En 1842, il avait été élu par l'Académie française pour succéder à M. Frayssinous. On lit dans ses souvenirs quelle satisfaction lui avait donnée cette élection. « Ce fut, dit-il, « le complément d'une vie qui avait été favorisée par la « fortune et le succès. Je ne saurais me taire sur le « charme que mon adoption dans cette illustre compagnie, « le commerce des lettres et la conversation avec les hom- « mes qui se sont consacrés à leur culte, ont répandu sur « mes dernières années. »

Le salon du Chancelier était, en effet, le rendez-vous de ses confrères de l'Académie. On aimait à converser avec ce représentant du passé, qui en avait gardé l'empreinte, tout en s'associant aux époques qu'il avait traversées, con- servant toujours son caractère de modération, de justice et sa clairvoyance d'observation. Sous la simarre du Chan- celier de la monarchie constitutionnelle, il laissait voir le con- seiller au Parlement.

M. Pasquier avait atteint sa quatre-vingt-seizième année, ses forces diminuaient, il sentait que la vie se retirait, mais il restait tranquille et résigné. Il avait toujours respecté la pensée et professé la foi religieuse : il l'appela à son aide, elle lui donna le calme et la force qui présidèrent à ses der- niers moments.